Este libro pertenece a

....

Me lo ha regalado

....

El día

....

Proyecto y dirección editorial: María Castillo
Coordinación técnica: Teresa Tellechea
Diseño: Carmen Corrales

© del texto: Rocío Antón y Lola Núñez, 2003
© de las ilustraciones: Teresa Novoa, 2003
© Ediciones SM, 2003 - Joaquín Turina, 39 - 28044 Madrid

Comercializa: CESMA, SA - Aguacate, 43 - 28044 Madrid
ISBN: 84-348-9225-1
Depósito legal: M- 7429-2003
Impreso en España / *Printed in Spain*

El hada
Aguayjabón

¡LLEGA EL DÍA DE LA FIESTA!
LAS HERMANASTRAS SE HAN IDO
Y ALLÍ QUEDA **CENICIENTA**
SIN ZAPATOS NI VESTIDO.

TIENE CENIZA EN EL PELO,
LA CARA COMO UN TIZÓN,
LA CAMISA POLVORIENTA
Y MANOS COLOR CARBÓN.
¡QUÉ SUCIA ESTÁ **CENICIENTA**!

LA MUCHACHA SE ENTRISTECE
Y LLORA JUNTO AL FOGÓN.
MAS, DE REPENTE, APARECE
EL **HADA AGUAYJABÓN**.

—SOY YO, TU HADA MADRINA.
NO LLORES, QUE ESTOY CONTIGO.
TE HE TRAÍDO DE REGALO
LOS ZAPATOS Y EL VESTIDO.

Y, AL INSTANTE, **CENICIENTA**
VA A VESTIRSE MUY CONTENTA.

EL **HADA** DICE A LA CHICA:

—MI PRINCESA, VE DESPACIO:

DEBES QUITARTE ESA ROPA

ANTES DE IR A PALACIO.

Y, AL INSTANTE, **CENICIENTA**
LA OBEDECE MUY CONTENTA.

EL **HADA** NO ESTÁ CONFORME.

LA MUCHACHA SE IMPACIENTA:

—YA ME HE QUITADO LA ROPA

Y LLEVO ESPERANDO UN RATO.

AHORA ME QUIERO PONER

EL VESTIDO Y LOS ZAPATOS.

EL **HADA** DICE A LA CHICA:

—MI PRINCESA, VE DESPACIO:

TIENES QUE DARTE UN BUEN BAÑO

ANTES DE IR A PALACIO.

Y, AL INSTANTE, **CENICIENTA**
LA OBEDECE MUY CONTENTA.

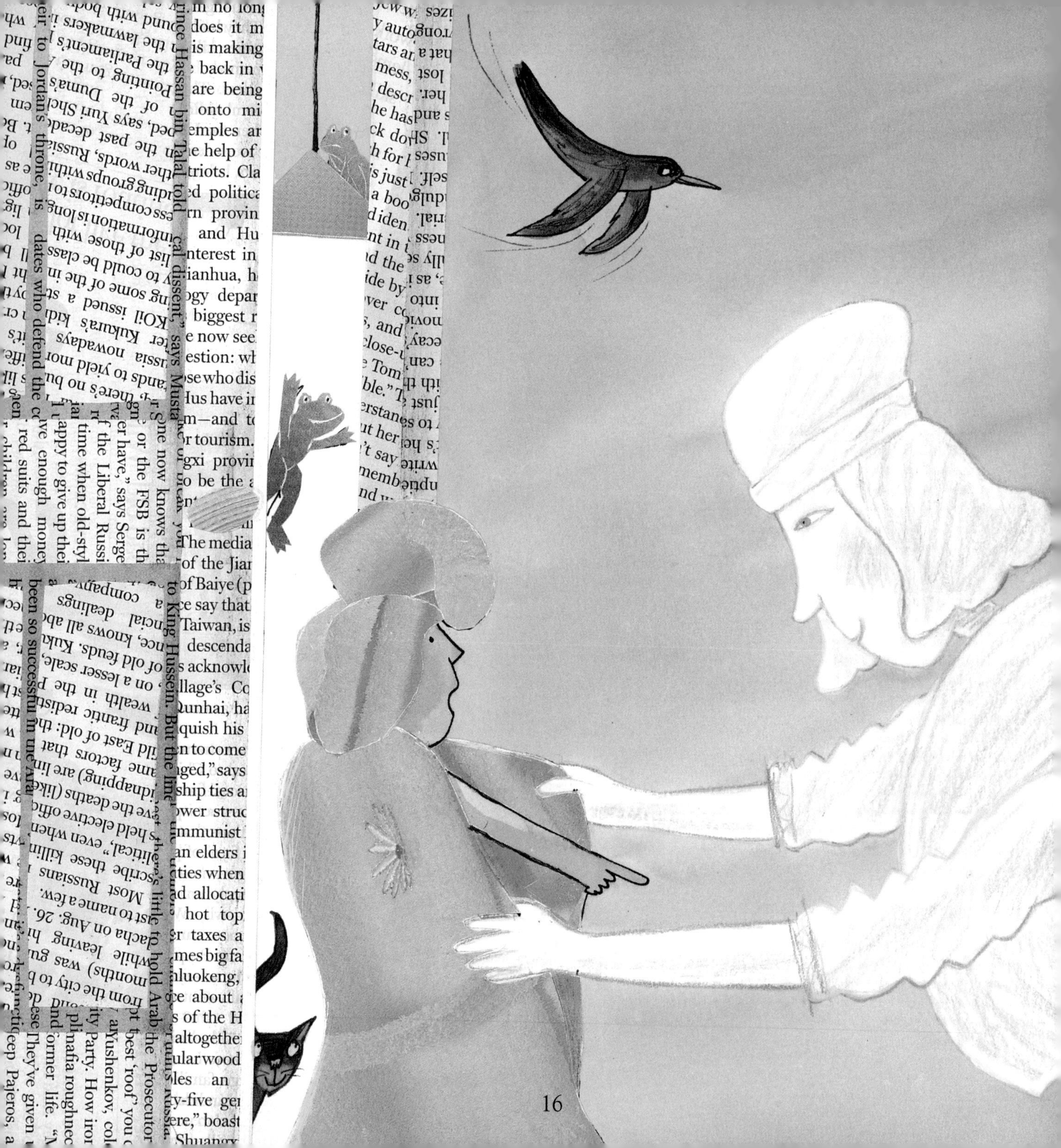

EL **HADA** NO ESTÁ CONFORME.

LA MUCHACHA SE IMPACIENTA:

—YA ME HE QUITADO LA ROPA,
TAMBIÉN ME HE DADO UN BUEN BAÑO

Y LLEVO ESPERANDO UN RATO.

AHORA ME QUIERO PONER

EL VESTIDO Y LOS ZAPATOS.

EL **HADA** DICE A LA CHICA:

—MI PRINCESA, VE DESPACIO:

DEBES LAVARTE LOS DIENTES

ANTES DE IR A PALACIO.

18

Y, AL INSTANTE, **CENICIENTA**
LA OBEDECE MUY CONTENTA.

EL **HADA** NO ESTÁ CONFORME.

LA MUCHACHA SE IMPACIENTA:

—YA ME HE QUITADO LA ROPA,
TAMBIÉN ME HE DADO UN BUEN BAÑO,
ME HE CEPILLADO LOS DIENTES

Y LLEVO ESPERANDO UN RATO.

AHORA ME QUIERO PONER

EL VESTIDO Y LOS ZAPATOS.

EL **HADA** DICE A LA CHICA:

—MI PRINCESA, VE DESPACIO:

TIENES QUE PEINARTE BIEN

ANTES DE IR A PALACIO.

22

Y, AL INSTANTE, **CENICIENTA**
LA OBEDECE MUY CONTENTA.

23

EL HADA NO ESTÁ CONFORME.

LA MUCHACHA SE IMPACIENTA:

—YA ME HE QUITADO LA ROPA,

TAMBIÉN ME HE DADO UN BUEN BAÑO,

ME HE CEPILLADO LOS DIENTES,

CON ESMERO ME HE PEINADO

Y LLEVO ESPERANDO UN RATO.

AHORA ME QUIERO PONER

EL VESTIDO Y LOS ZAPATOS.

EL HADA DICE A LA CHICA:

—MI PRINCESA, VE DESPACIO:

DEBES PONERTE COLONIA

ANTES DE IR A PALACIO.

Y, AL INSTANTE, **CENICIENTA**

LA OBEDECE MUY CONTENTA.

25

AHORA EL **HADA** ESTÁ ENCANTADA
Y VA A ABRAZAR A SU AHIJADA.
—TIENES CARITA DE LUNA,
EL CUERPO COMO LA ESPUMA,
LOS DIENTES COMO LAS PERLAS
Y EL PELO COLOR DE TRIGO.
AHORA YA PUEDES PONERTE
LOS ZAPATOS Y EL VESTIDO.
Y NO HABRÁ EN TODA LA FIESTA
OTRA MUCHACHA MÁS LIMPIA,
NI MÁS GUAPA, NI MÁS FINA.
TE LO DICE **AGUAYJABÓN**,
QUE ES TU HADA MADRINA.

Leer y compartir

Con todos los títulos de la colección, es aconsejable proceder del siguiente modo:

- **Primera lectura.** Leer el cuento despacio, marcando la rima, así como las partes que se repiten, y animar a los niños a que acompañen la lectura diciendo de forma espontánea los versos que recuerden.

- **Segunda lectura.** Detenerse en cada página y conversar sobre el contenido de la rima y la ilustración. Pedir a los niños que digan qué elementos, tanto del texto como de la ilustración, les permiten predecir lo que sucederá.

- **¿Qué harías tú si...?** Dramatizar historias en las que los niños valoren la necesidad de una buena higiene (para mantener la salud, para tener una presencia agradable de cara a los que nos rodean...). Plantear situaciones disparatadas en las que esto se haga más patente (un doctor que tiene siempre las manos sucias, un pintor que nunca limpia sus pinceles...). Preguntar a los niños qué les dirían ellos a esas personas para convencerles de que cambien sus hábitos.

- **Educar en valores.** En esta ocasión, la historia destaca la importancia de la higiene para sentirse bien con uno mismo y para mantener la salud.
  Igualmente, debemos hablar del bienestar personal que produce «ponerse guapos» y hacer de cada día una ocasión especial; es decir, cuidar siempre nuestra imagen, como si fuéramos a una fiesta. Hay que tener en cuenta que estos factores contribuyen a que los niños vayan creando una imagen positiva de sí mismos.

Jugar en familia

- Reservar un tiempo por la noche para que los niños y niñas se ocupen de su propia higiene y de la ropa que se pondrán al día siguiente. Hacer de la ducha o del cepillado de los dientes algo habitual y también especial. Durante este tiempo especial se puede jugar con los niños a hacer rimas; por ejemplo:

«Con este cepillo, me peino el flequillo; con agua y jabón ducho como un campeón...».

- Aprovechar un momento en el que los niños se hayan en[...] ciado en alguna de sus actividades (después de un juego[...] una excursión o de un trabajo plástico...). Hacerles una[...] cuando estén muy sucios y animarles a que se den un b[...] baño y que disfruten de su aseo. Finalmente, hacerles [...] foto cuando estén bien limpios y conversar sobre la difere[...] entre ambas.

- Jugar a hacerse cosquillas y caricias después de haberse la[...] do bien y preguntar a los niños si sería igual de agrada[...] cuando estaban sucios.

Jugar en el cole

Juegos del lenguaje

Guapo, reguapo

Plantear a los niños un juego acumulativo en el que cada ju[...] dor tenga que repetir lo que hayan dicho los anteriores y a[...] dir una acción más, por ejemplo: «Para estar guapo, regua[...] yo me cepillo los dientes»; y el siguiente añade: «Para es[...] guapo, reguapo, yo me cepillo los dientes y me lavo las man[...] y el siguiente continúa: «Para estar guapo, reguapo, yo me c[...] llo los dientes, me lavo las manos y me echo colonia»... Y [...] sucesivamente.

Nombres de personajes

Explicar el sentido de los nombres de algunos personajes[...] cuentos: Cenicienta, el Hada Aguayjabón, Blancaniev[...] Mudito, Gruñón... Inventar un nombre especial y agrada[...] para cada niño o niña de la clase.

Somos artistas

Pedir a los niños que lleven a clase algunos objetos de as[...] conversar sobre la utilidad de cada uno de ellos y, luego, us[...] los para hacer trabajos plásticos como estampar, crear tex[...]

. Algunos ejemplos de actividades pueden ser: estampar esponja mojada en témpera, rellenar dibujos estampando oncitos, echar gotas de pintura sobre una cartulina y exten-

derlas con las púas de un peine, salpicar témpera con las cerdas de un cepillo de dientes...

EDUCAR LAS EMOCIONES Y DESARROLLAR LA INTELIGENCIA

LEER	COMPRENDER	SENTIR
Primera lectura: ritmo, rima y texto		
Hacer una lectura global del texto.	•El significado de las palabras.	•Interés por el cuento.
Repetir la rima con ritmo adecuado.	•La situación global.	•Deseo de participar en la lectura.
Fijar la atención en las palabras desconocidas.	•Las palabras que riman.	
Segunda lectura: argumento y predicción		
Establecer relaciones entre el texto y la imagen.	•La estructura repetitiva.	•Satisfacción por intervenir en el cuento anticipando y variando algunas partes.
Anticipar partes de la historia a lo largo de la lectura.	•La relación que existe entre la historia y el cuento clásico del que procede.	•Curiosidad por la estructura narrativa de una historia.
Toma de postura personal		
El conocimiento de las acciones y hábitos que implica la higiene personal.		•Desarrollo de actitudes de autoestima e implicación en la creación de una imagen ajustada y positiva.
La higiene personal como hábito necesario para la conservación de la salud y para lograr el bienestar personal.		
La construcción de una imagen positiva de uno mismo.		•Control de los sentimientos y emociones y la manifestación positiva de los mismos.
La identificación de la imagen cuidada como elemento importante de la relación con los demás.		•Desarrollo de la responsabilidad en relación con la propia higiene.
El control de las propias acciones, dejando de lado el comportamiento impulsivo, propio de niños muy pequeños.		•Valoración positiva de los consejos que dan otras personas.